VOYAGE AU TEMPS DES DINOSAURES !

Un roman-jeu

Texte de Lisa Dupuis
Illustrations de Clémence Dupont

Flammarion jeunesse

Éditions Flammarion
82 rue Saint-Lazare – CS 10124
75009 Paris
ISBN : 978-2-0804-7656-2

COMMENT NAVIGUER DANS CE ROMAN-JEU ?

Ce livre n'est pas comme les autres ! Il n'a pas de numéros de pages mais se décompose en paragraphes numérotés. Pas d'inquiétude : ton aventure commence quoi qu'il arrive au paragraphe 1. À la fin de chaque paragraphe, plusieurs options te seront proposées. Tu devras choisir ce que tu souhaites faire et te rendre au paragraphe correspondant pour continuer ta lecture.

Feuillette le livre en te concentrant sur les numéros pour trouver le bon paragraphe.

C'est toi qui choisis ce qu'il se passe dans l'histoire : tu es l'héroïne ou le héros de ce livre ! Il y a plusieurs fins possibles, amuse-toi à les trouver toutes.

Maintenant… À toi de jouer !

Tourne la page et commence ta lecture au paragraphe 1.

Chaque fois que tu vois ce symbole, rends-toi à la fin du livre pour en apprendre plus !

1

C'est la fin d'après-midi et la lumière commence à baisser dans le jardin. Ta maman t'appelle mais tu ne veux pas rentrer car tu t'amuses bien avec ton chat **Kiki**, qui te montre à quel point il est un bon chasseur de papillons. Il en poursuit un avec beaucoup d'adresse. **Oups !** Un instant d'inattention et tu perds ton chat de vue. Tu l'aperçois qui disparaît au fond du jardin et te diriges vers cette zone plus dense, là où la **forêt** commence.

« Le dîner est bientôt prêt ! crie ta maman dont la voix est de plus en plus difficile à distinguer. Rentre vite, et n'oublie pas de ramener Kiki ! »

Le soleil se couche derrière la cime des arbres et tu retrouves Kiki au loin, en train de s'enfoncer dans la forêt. Tu le suis avec **précaution** : tu n'as pas vraiment le droit de t'éloigner autant de la maison…

Ici, il fait frais et tout est plus **calme**. Tes pas font craquer des branches tombées sur la mousse moelleuse. Tu t'approches de ton chat. Le papillon qu'il pourchasse s'est posé sur un tronc d'arbre plutôt **étrange**, très large et gravé de jolis motifs. Kiki se recroqueville sur lui-même pour mieux diriger son attaque, remue le derrière, indiquant qu'il va sauter… ni une ni deux, tu te jettes sur lui et tentes de l'attraper, mais quelque chose te déconcentre. **C'est le tronc bizarre qui s'anime !** L'écorce se sépare en deux et s'ouvre en grand, jusqu'à former une **porte magique**. On dirait qu'on peut entrer à l'intérieur… Ce n'est pas un arbre comme les autres.

Que se passe-t-il ?! Le papillon s'engouffre à l'intérieur du tronc et Kiki ne réfléchit pas à deux fois avant de le suivre. **Devrais-tu en faire de même ?** Tu hésites car ta maman t'attend mais tu dois absolument récupérer ton chat. Il faut le sortir de là !

Il n'est pas question d'abandonner Kiki dans cette situation périlleuse : tu le suis dans le tronc. **Découvre ce qu'il y a à l'intérieur au paragraphe 2 !**

2

WAOUH ! Quel est cet endroit ? On dirait un vaisseau spatial !

Tu es entré dans le tronc et tu te trouves à présent dans une sorte de grande **salle de contrôle** pleine de lumières clignotantes et dont les murs sont tapissés de boutons et d'écrans. Tu te demandes comment tout cela peut tenir à l'intérieur de ce simple tronc d'arbre… et surtout, qui a pu installer cette technologie ici ! Il y a un tabouret posé devant une table recouverte de commandes, comme dans un **cockpit** d'avion : des leviers, des boutons, des interrupteurs, des manivelles, des machins qui tournent…

Ton chat découvre l'endroit tout comme toi, mais il n'en oublie pas sa quête principale : chasser le papillon ! Tous ces trucs et bidules colorés qui font **« bip, bip »** et qui se retrouvent sur son chemin ne l'arrêtent pas. Ils ont même l'air de l'amuser. À force de courir partout, Kiki risque de faire une **bêtise…**

Tu t'approches de cette espèce de cockpit et un grand écran attire ton attention. Tu déchiffres :

Machine à voyager dans le temps 3000

Comment ? C'est possible dans la vraie vie, ça ? Tu veux en apprendre plus sur cette machine mais la porte se referme soudain et tout se met à trembler… **Oh non**, Kiki a fait une bêtise ! Il a mis l'appareil en route !

La machine tourbillonne et le moteur gronde. Tu te maintiens tant bien que mal dans le cockpit, mais tu finis par tomber, le derrière sur le sol en métal : **aïe !** Impossible de te relever : ça bouge trop ! Kiki rabat ses oreilles en arrière et ouvre grand les yeux, signe qu'il panique. Heureusement, les tremblements s'arrêtent **petit à petit**. Kiki redevient un chasseur à la seconde où le papillon passe devant ses yeux.

Les portes de la machine s'ouvrent brusquement sur un environnement étrange et tu n'as même pas le temps de dire **« ouf »** que Kiki se précipite dehors aux trousses du papillon ! Tu le vois détaler vers un paysage très coloré, avec de grandes fougères, des montagnes, un ciel lumineux… Et quels sont ces bruits que tu entends ? Sûrement des animaux que tu ne connais pas… Attends, ce n'est plus la forêt derrière le jardin, ça! Avez-vous réellement voyagé dans le **temps** ?

Tu te relèves un peu maladroitement en t'agrippant à la table de commande… Et tu pousses par erreur un levier du cockpit ! **Clic**, de nouvelles lumières s'allument. Tu as, toi aussi, déclenché la machine sans le faire exprès ! Tu voulais suivre Kiki mais les portes se referment. Les grondements reprennent de plus belle.

Tu sens le vaisseau se déplacer encore une fois, sans savoir où ni comment. As-tu quitté ton jardin et ta maison ? Kiki n'est plus à bord.

Il faut faire quelque chose !

Tu examines le **cockpit** et ses boutons devant toi. Reprends ton calme. Bon, comment ça fonctionne ? Il faudrait trouver un moyen de stopper le voyage…

Rends-toi au numéro de paragraphe qui est indiqué sur le bouton !

COCKPIT

F

`Arrêt d'urgence en cours… Succès.`
`Localisation: en suspens dans l'espace-temps.`

3

Tu dois retrouver Kiki avant de rentrer à la maison, et vite ! Ta maman t'attend. Tu n'as jamais piloté de machine à voyager dans le temps, mais ça ne doit pas être bien compliqué… On dirait que tu peux choisir parmi trois destinations. Les autres semblent bloquées pour l'instant.

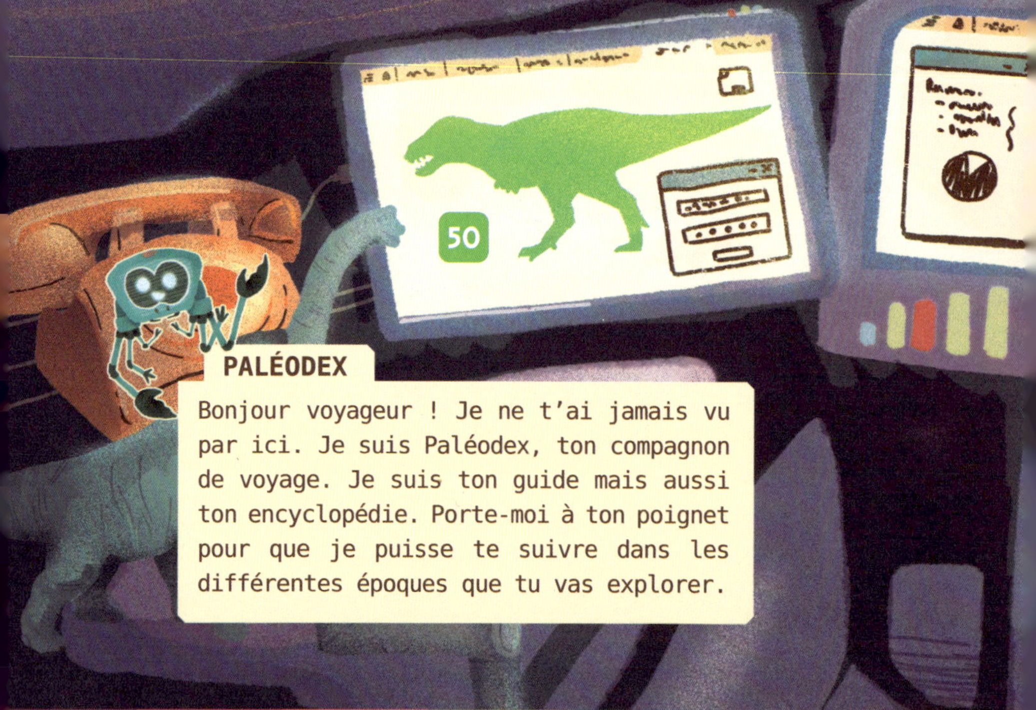

PALÉODEX

Bonjour voyageur ! Je ne t'ai jamais vu par ici. Je suis Paléodex, ton compagnon de voyage. Je suis ton guide mais aussi ton encyclopédie. Porte-moi à ton poignet pour que je puisse te suivre dans les différentes époques que tu vas explorer.

Si tu acceptes ta mission, choisis une destination où chercher Kiki et rends-toi au paragraphe correspondant !

4

Raté ! Tu as trouvé une prêle, une plante en forme de tige qui a tout à fait sa place ici : elle a survécu jusqu'au 21e siècle mais elle existait bel et bien déjà au Trias !

Recommence ta recherche en 10.

5

Oups, on dirait que tu as trouvé… l'endroit où les vélociraptors font leurs besoins ! À ton époque, ces excréments sont retrouvés fossilisés : on appelle ça des **coprolithes**.

Laisse-les ici et retente ta chance en 49.

6

Tu entres avec précipitation dans une grotte très sombre qui t'isole du monde extérieur. **Te voilà à l'abri!** Ton cœur bat très fort et tu reprends ton souffle petit à petit. Tes yeux ont du mal à s'habituer à la pénombre mais tu penses être seul dans cette caverne. Tu ne fais aucun bruit afin de surveiller le tremblement de terre.

Dans le silence, tu es surpris par un bruit **aigu**. Qu'est-ce que c'est ? On aurait dit un miaulement de chat ! Est-ce qu'un animal préhistorique pourrait pousser le même cri que Kiki ?

Si tu veux enquêter sur cet étrange miaulement, tente de le suivre jusqu'en 49. Si tu as eu très peur et si tu préfères attendre la fin des grognements de la terre pour reprendre la machine et quitter cet endroit dangereux, va au cockpit en 3.

7

Tu as une idée de **génie** ! Ce rocher est grand et lourd mais, grâce à sa forme, tu peux le faire rouler facilement. Tu te mets à pousser... sans succès. Tu réessayes... le rocher commence à bouger ! Tu rassembles toutes tes forces, plantes tes pieds dans le sol et utilises tout ton poids pour faire basculer la grosse pierre.

Ça y est ! Elle avance et roule doucement puis prend de l'élan grâce à la légère pente du sol. Alors que la tyrannosaure est presque à hauteur des bébés struthiomimus, la roche prend de la vitesse. Le bruit de la pierre alerte la T. rex qui ralentit puis s'arrête net en la voyant débouler dans sa direction. Ni une ni deux, le dinosaure rebrousse chemin et le rocher passe à côté du nid pour poursuivre sa course aux trousses du lézard géant !

Le grand monstre s'éloigne : enfin, la voie est libre ! **Quel exploit !**

Tu as sauvé les bébés struthiomimus ! Va en 55 pour vérifier qu'ils vont bien.

STÉGOSAURE

8

Tu as bien compté 8 stégosaures. Tu t'approches pour les observer de plus près. D'étranges plaques recouvrent leur corps, de leur nuque jusqu'au bout de leur queue hérissée d'épines. Ils ne font pas attention à toi : pour eux, tu es inoffensif. On dirait qu'ils n'ont pas envie de te manger. Ouf !

Taille

Stegosaurus mesurait environ 9 mètres de long et 4 mètres de haut : il était aussi grand qu'une maison !

Cou

Son cou assez court obligeait Stegosaurus à pointer sa petite tête vers le bas : il se nourrissait donc des buissons et des plantes qui poussaient au sol.

Alimentation

Il était herbivore, c'est-à-dire qu'il ne mangeait que des plantes.

Plaques dorsales

Les plaques sur son dos faisaient office d’armure, une très bonne protection contre les prédateurs. Les scientifiques pensent que ces plaques avaient peut-être aussi un intérêt lors des parades amoureuses.

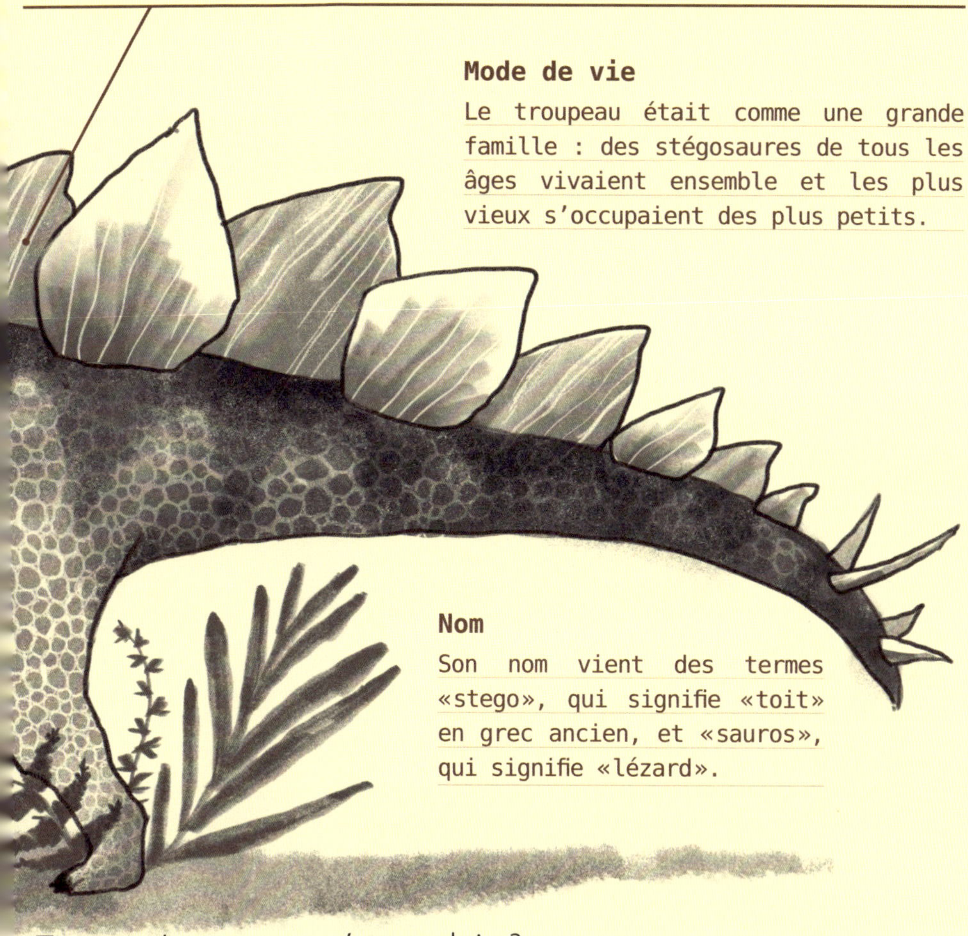

Mode de vie

Le troupeau était comme une grande famille : des stégosaures de tous les âges vivaient ensemble et les plus vieux s’occupaient des plus petits.

Nom

Son nom vient des termes «stego», qui signifie «toit» en grec ancien, et «sauros», qui signifie «lézard».

Tiens, qu’est-ce que c’est, au loin ?

Si tu souhaites enquêter parmi les stégosaures pour trouver des indices sur ton chat, va en 12. Si tu as remarqué d’étranges yeux jaunes qui t’observent et que tu es assez courageux pour aller voir, fraie-toi un chemin parmi les fourrés jusqu’en 20.

9

Que se passe-t-il ? Tout bouge très vite autour de toi… Tu as l'impression d'être coincé dans un tube de lumière. Tu es emporté par une **force indescriptible**, comme si un aimant t'attirait vers lui. C'est si rapide !

PALÉODEX

Oh oh, je constate une anomalie. Le cours de l'Histoire a dû subir une modification, cela expliquerait la téléportation involontaire !

Serais-tu en train de **flotter** dans l'espace-temps ? De grands cercles de lumière bleue s'allument devant toi. On dirait des **portails** vers une autre dimension… ou une autre époque ! Tu t'approches doucement : la force a ralenti, tu te retrouves en lévitation devant ces trois **portes du temps**.

Regarde, on dirait qu'on peut distinguer quelque chose à travers la lumière ! Observe ces silhouettes. Quel voyage t'attire le plus ? Choisis ta direction en plongeant dans le portail que tu préfères.

50

59

65

Période : TRIAS

-250 à -200 millions d'années
Lieu : actuelle Europe

10 La porte s'ouvre sur un monde très différent du tien. Il fait plutô chaud mais le paysage est désertique ! Tu aperçois des animaux qui ressemblent à des dinosaures, mais ils ne sont pas exactement comme ceux que tu connais : ils sont moins diversifiés et bien moins impressionnants que leurs futurs cousins du Jurassique et du Crétacé.

PALÉODEX

A Nous voici arrivés au Trias. C'est la première période du Mésozoïque, l'ère des dinosaures. Cherche le Trias sur la frise en bas de page. Les continents se sont regroupés en un seul bloc il y a 100 millions d'années, à la fin du Carbonifère, pour former la Pangée : c'est le supercontinent qui existait avant sa dislocation en plusieurs morceaux, qui sont les ancêtres des continents d'aujourd'hui.
Il fait très chaud et les nuits sont très fraîches : cela doit être très différent de tes habitudes. Ce climat n'est pas sympathique pour la biodiversité, c'est-à-dire pour les animaux et les plantes. La vie est très difficile pour eux : ils sont en train de se remettre de la plus grande extinction de masse de tous les temps, qu'on appelle la crise du Permien. Observons-les sans les déranger.

Tiens, quelque chose a l'air de ne pas être à sa place… ou pas à la bonne époque. Sauras-tu le retrouver ? Rends-toi au paragraphe correspondant !

PTÉROSAURE

11 Tu as bien compté 11 ptérosaures… mais ce ne sont pas des dinosaures !

Contrairement à l'idée reçue, ces vertébrés aux grandes ailes formées d'une fine membrane ne font pas partie de la famille des dinosaures mais de celle des ptérosaures. Les dinosaures et les ptérosaures avaient un ancêtre commun mais ont évolué séparément. Les ptérosaures sont des reptiles volants : ils sont apparus au Trias supérieur et ont disparu lors de l'extinction massive du Crétacé, il y a 66 millions d'années. Le Jurassique est appelé l'âge d'or des ptérosaures car c'est la période où ces animaux volants se sont diversifiés et ont pu partir à l'assaut des cieux.

Quetzalcoatlus

Déplacement

Les ptérosaures marchaient sur quatre pattes quand ils étaient sur terre : on a trouvé leurs empreintes de pas en France, dans le Lot, sur la « plage aux ptérosaures » !

Localisation

La répartition des ptérosaures était mondiale. Ils avaient des formes et des tailles très variées et ont vécu pendant très longtemps. Le plus petit, Nemicolopterus, avait la taille d'un moineau et vivait au nord-est de la Chine pendant le Crétacé inférieur. Le plus grand, Quetzalcoatlus, a côtoyé Tyrannosaurus rex au Crétacé supérieur. Il mesurait la taille d'une girafe et disposait d'une envergure de plus de 10 mètres.
On a retrouvé beaucoup de fossiles de ptérosaures datant du Jurassique dans la formation de Morrison, une carrière à l'ouest des États-Unis. C'est là-bas qu'on a retrouvé des dinosaures emblématiques tels que Diplodocus, Stegosaurus et Allosaurus.

Nemicolopterus

Membres

Les ailes des ptérosaures étaient formées d'une fine membrane, comme celles des chauves-souris actuelles.

Reproduction

Les ptérosaures, les oiseaux et les dinosaures pondent des œufs. Ils ne font cependant pas partie de la même famille !

Il y a sûrement un groupe de véritables dinosaures à compter en 25 ! Et si tu réessayais ?

12

Tel un **agent secret**, tu t'infiltres parmi les grands dinosaures. Le troupeau d'herbivores est composé de quelques adultes et de plusieurs jeunes. Kiki adore filer entre les jambes des invités à la maison... Est-ce que ces immenses pattes pourraient être son terrain de jeu ?

Tu te penches pour observer les **empreintes** qui se dessinent dans la terre et tu constates qu'elles sont assez grandes pour que ton chat disparaisse sous les pattes de ces dinosaures ! Cette idée te fait froid dans le dos.

Mais tu as beau chercher, **aucune trace** de Kiki par ici...

La grande famille de stégosaures s'éloigne de la mare pour aller déjeuner. **Au menu :** de délicieuses pousses d'arbustes !

PALÉODEX

Les fougères sont les mamies de notre planète : elles font partie des premiers végétaux à avoir recouvert la Terre. Les plus anciens fossiles de fougère datent du Dévonien, il y a 419 à 359 millions d'années, ce qui correspond à la sortie des eaux des vertébrés (les animaux qui possèdent une colonne vertébrale, comme les oiseaux, les poissons, les mammifères… dont toi !).

Les fougères se sont développées partout dans le monde. Il y a beaucoup d'espèces différentes dont certaines ont aujourd'hui disparu.

Maintenant que le groupe de stégosaures s'est éloigné, tu te retrouves bien seul… Et tu te rends compte que des yeux jaunes menaçants se rapprochent. Pour échapper à ce gros problème, rends-toi vite en 20 !

13

Tu décides de reculer face à ces dinosaures. Que se passe-t-il ? Tu essaies de faire un pas mais, malgré tous tes efforts, rien ne se passe. Tu baisses les yeux et tu vois que tes pieds sont aspirés par le sol. Tu commences à t'enfoncer… **Catastrophe**, tu as marché dans de la vase !

Il faut faire vite car elle t'engloutit à vue de nez. Elle t'arrive à présent jusqu'aux genoux, impossible de bouger tes jambes. À rester planté là, tu vas bientôt être **avalé** par les marécages… Comment vas-tu t'en sortir ?

Pas trop loin de toi, tu repères une espèce de masse qui dépasse de la vase. On dirait un **caillou** avec des écailles qui fait des bulles… Si tu te penches au maximum, tu seras peut-être capable de l'atteindre.

De l'autre côté, tu aperçois, quasiment à portée de main, une **fougère** près du bord du marécage.

Si tu parviens à te grandir et te pencher, tu pourrais sûrement l'attraper et te hisser hors de la vase.

Vite, il faut faire quelque chose !

Si tu essaies d'atteindre cette masse qui dépasse de la vase, va en 22.

Si tu tentes de te hisser sur cette fougère, va en 44.

14

Choisir le diplodocus est très **malin** : sa grande taille peut décourager l'allosaure. Tu tentes de grimper sur sa queue pour atteindre son dos mais… il est **trop haut !**

PALÉODEX

Diplodocus est un grand herbivore du Jurassique supérieur. Il a été découvert en 1877 au nord des États-Unis. C'est un sauropode immense avec une longue queue qui pouvait claquer dans l'air comme un fouet. On estime la longueur de Diplodocus à 25 mètres (de ses narines au bout de sa queue). C'est plus long qu'un bus et aussi grand qu'une baleine bleue, l'animal le plus grand de ton monde. Sa tête est à environ 5 mètres du sol !

Le grognement du prédateur résonne de plus en plus fort. Vite, il faut trouver une solution ! Tu passes sous le ventre du diplodocus et te caches derrière lui. Tu espères qu'il n'aura pas la mauvaise idée de faire marche arrière...

L'allosaure continue d'avancer vers vous mais il s'arrête à quelques mètres du géant avec un air méfiant. Agacé, le diplodocus frappe le sol d'une patte pour lui faire peur. L'allosaure sursaute et grogne un coup avant de s'en aller à nouveau vers les fourrés.

C'était moins une ! Mais l'allosaure serait capable de te retrouver avec son excellent flair. Retourne dans le cockpit de la machine en 3 et choisis une autre destination pour t'éloigner le plus possible de ce danger !

15

Tu parviens de justesse à te glisser derrière le buisson pour te protéger de cet étrange dinosaure. Le tricératops approche. **Boum, boum…** Ses yeux bleus luisants percent à travers le feuillage. On dirait qu'il n'est pas lui-même…

Vous vous regardez l'un l'autre sans bouger. Tu es fasciné par ce dinosaure : c'est comme s'il n'était pas **correct**.

PALÉODEX

On peut dire que Triceratops est anachronique ici, c'est-à-dire qu'il n'est pas dans la bonne époque. C'est comme si on voyait des humains préhistoriques utiliser une télévision : impossible ! Ils n'avaient même pas l'électricité ! Mais que fait Triceratops ici ? Hypothèse : ce doit être une cause surnaturelle.

Peut-être que quelque chose a changé le cours du temps et provoqué des anomalies dans la Préhistoire… Quelque chose ou quelqu'un qui fait des bêtises dans le passé et crée ce qu'on appelle des paradoxes temporels : des modifications de l'Histoire qui ne sont pas normales et peuvent être embêtantes ! Tu n'as pas une petite idée ?

Peu à peu, la voix du Paléodex disparaît… Bizarre, tu sens qu'il se passe quelque chose derrière toi. Tu perçois une lumière bleue dans ton dos qui éclaire tout autour de toi et tu as l'impression qu'elle t'engouffre. Le tricératops du futur devient de plus en plus flou et tu as la sensation de tomber en arrière.

Un portail temporel t'aspire et te téléporte au paragraphe 60 !

16

Tu décides de suivre ce petit **tintement** que tu connais bien. Le bruit est faible et tu ne trouves pas tout de suite sa source : mais oui, juste là, accrochée à une fougère, c'est bien une **clochette** qui se balance avec le vent ! Tu la reconnais : c'est celle qui pendait au collier de Kiki !

Que fait-elle ici ?

PALÉODEX

Examen de l'objet… En effet, cette clochette a été fabriquée au 21e siècle ! Je détecte également des morceaux de plumes dans la clochette. Il y a un problème. Ces plumes ne semblent pas correspondre à celles de Struthiomimus, un dinosaure qui vit ici, en Amérique du Nord. Non, ce sont plutôt des plumes de Velociraptor… mais ce dinosaure vit en Mongolie, bien loin de là où nous sommes ! Kiki a dû voyager géographiquement et emporter quelques plumes avec lui !

Cet indice est très **précieux** pour retrouver ton compagnon. Tu te penches pour récupérer la petite clochette dans laquelle une plume est coincée. Il faut maintenant décider quelle piste tu veux suivre.

Si tu préfères continuer d'explorer cette zone car tu penses avoir raté un bruit étrange, va en 50.

Si tu penses que la piste du Paléodex est bonne, remonte dans la machine pour tenter de la paramétrer afin qu'elle t'emmène en Mongolie en 54.

17

Tu te diriges vers ce dinosaure géant et très calme. Il broute le haut d'un conifère sans vraiment s'intéresser à toi. Mais le tricératops se rapproche dangereusement…

PALÉODEX

Plateosaurus est un grand dinosaure emblématique du Trias. Il mesure 8 mètres de long et peut peser jusqu'à 4 tonnes. Son nom signifie « lézard plat » : il a un long corps, une petite tête et de courtes pattes avant, comme les lézards. Il se déplace à quatre pattes mais peut aussi se dresser sur ses deux pattes arrière. Imagine la drôle d'allure de ce dinosaure énorme en équilibre sur ses pattes arrière ! Il est herbivore et ses longues griffes lui permettent de se défendre en cas d'attaque.

Le platéosaure se tourne vers toi. En une seconde, il comprend que tu es en danger et t'aide à monter sur son dos en approchant sa queue afin que tu puisses te hisser sur lui.

Grimpe vite sur son dos et dirigez-vous en 21 ! Il faut semer cet étrange tricératops du futur !

18

Ce bruit strident ressemble à des cris d'animaux que tu as déjà entendus… Ce sont des **piaillements** : on dirait des oiseaux mais en plus fort et désagréable.

Tu t'approches doucement de la source de bruit, là-bas : on dirait… des œufs ? C'est un nid de dinosaure ! Certains œufs ont déjà éclos et dévoilent de tout petits bébés dinosaures qui crient pour appeler leur mère.

PALÉODEX

Voici des Struthiomimus. Ce sont des dinosaures qu'on pourrait appeler les autruches du Crétacé, car la ressemblance avec cet oiseau de l'époque moderne est frappante. Ils avaient des plumes, leur tête était assez haute et ils se tenaient sur leurs deux pattes arrière. Ils étaient rapides et ne possédaient pas de dents.

Ces petits sont inoffensifs : c'est peut-être ta seule chance de pouvoir examiner de près de véritables dinosaures. Avec précaution et pour ne pas les effrayer, tu t'avances vers le nid. Ils t'ignorent et crient si fort que tu peux voir l'intérieur de leur gorge. Tout ce qu'ils veulent, c'est de la nourriture !

Un œuf, encore intact, se craquelle petit à petit. Sa membrane, une peau protectrice à l'intérieur de la coquille, apparaît puis se déchire pour laisser apparaître le crâne humide d'un bébé struthiomimus !

Un BOUM, BOUM, BOUM se fait entendre et couvre les cris des bébés. Le sol tremble : un danger arrive vers toi !

Va en 26 pour découvrir de quoi il s'agit !

19

Tu t'approches du troupeau de **coelophysis** et tu te caches derrière un arbre pour les observer. Tu en vois un se saisir d'une petite proie : il a l'air fier d'avoir attrapé lui-même son dîner, un petit animal dont il ne fait qu'une seule bouchée.

Tu veux t'avancer pour les voir de plus près. **Crac**, une brindille craque sous tes pieds et les petits dinosaures se tournent brusquement vers toi. Tu t'arrêtes net, un peu effrayé, et tu attends leur réaction. Ils observent les alentours sans vraiment regarder dans ta direction : **ouf**, ils ne t'ont pas vu ! Tu reprends ton souffle pendant qu'ils continuent tranquillement leurs jeux, mastications et reniflages. Qu'est-ce qu'ils sont **mignons** ! Ils se courent après comme des chiens qui jouent…

Si tu n'as finalement plus peur et que tu décides d'approcher le troupeau avec assurance, va en 24.

Tu as peut-être récupéré pendant ton voyage quelque chose qu'ils pourraient se mettre sous la dent. Si et seulement si tu as en ta possession un en-cas qui pourrait les amadouer, va en 33 !

20

Un très grand dinosaure apparaît : celui-ci ne dispose pas de plaques dorsales mais d'un sourire **tranchant**. La taille de ses crocs t'indique que tu vas probablement lui servir de déjeuner. Oh non, il sort des fourrés et se jette dans ta direction !

PALÉODEX

Alerte ! Danger ! Ceci est Allosaurus, l'un des principaux prédateurs ici, en Amérique du Nord, et il a faim. Il devait être terré là pour saisir la moindre opportunité de dévorer un jeune Stegosaurus… Fuis avant qu'il ne t'attrape dans son énorme gueule !

Sans demander ton reste, tu pars en courant en longeant le fleuve jusqu'en 29.

21

Waouh ! Quelle course ! Le platéosaure n'a eu aucun mal à semer le tricératops : tu es maintenant en lieu sûr.

Alors que le géant ralentit, un tout autre décor se dessine devant vous et tu commences à sentir une odeur salée, iodée comme la mer…

Le platéosaure s'arrête devant un océan préhistorique : le **Paléotéthys**. Cet océan n'existe plus à ton époque… mais il en reste un vestige : la mer Méditerranée !

Le platéosaure a envie de faire trempette : il cherche à manifester sa joie et se hisse sur ses pattes arrière. Tu glisses d'une traite jusqu'au bout de sa queue et atterris sur tes pieds. **Rigolo**, ce toboggan !

Ton nouvel ami se précipite vers l'eau avec de gros pas lourds et tu t'assois sur la plage pour profiter du spectacle.

PALÉODEX

Nouvelles données : analyse terminée. Les chats n'apprécient pas l'eau et cet environnement manque de grands arbres auxquels grimper. Si ton chat s'est baladé ici, il a dû vite déguerpir. Je détecte des anomalies temporelles autour de nous… Kiki a peut-être trouvé un portail pour se téléporter à une autre époque.
Recherche dans l'historique… Oui, le Crétacé, en revanche, était une période très propice au développement des animaux ! Peut-être une piste à explorer ?

Tu peux reprendre ta machine qui se trouve au paragraphe 3 afin de découvrir d'autres époques… ou d'autres chemins que tu n'as pas encore explorés !

22

Tu parviens à atteindre ce dôme sombre formé par quelque chose de profondément enfoui sous la vase. Tu pousses, te hisses dessus et… **Oh non**, ça bouge !

PALÉODEX

Il s'agit de Phytosaurus, une sorte de cousin des crocodiles. Il était en train de faire sa sieste ! Il a l'habitude de se déplacer dans les marais, lui…

Le phytosaure nage avec nonchalance jusqu'à la terre ferme pendant que tu t'accroches à son dos.

Hop, la croisière est finie : il atteint la terre ferme et patiente le temps que tu descendes.

Si tu décides de retourner à l'endroit de ton atterrissage pour voir si tu n'as pas loupé quelque chose, va en 10.

Si tu préfères retourner dans la machine pour visiter une autre époque, rends-toi au cockpit en 3.

23

Est-ce que ce galeamopus est un bon choix ? Il te regarde en coin, un peu méfiant, mais tu n'as pas le temps de réfléchir, le **danger** se rapproche ! Il est un peu plus petit que le diplodocus : c'est compliqué mais, avec beaucoup d'efforts, tu parviens à grimper sur sa queue et à te hisser sur son dos.

PALÉODEX

Galeamopus est un sauropode d'environ 27 mètres de long. Tu lui arrives aux genoux ! Il a vécu au Jurassique supérieur et a été découvert au centre des États-Unis. Les petites piques sur son dos sont faites de kératine (la même matière que tes ongles et tes cheveux) et s'étendent de son cou jusqu'à sa queue. Attention à ne pas te faire mal en t'asseyant dessus !

En voyant l'allosaure approcher, le galeamopus prend peur. Il trottine sur ses lourdes pattes, avec toi à califourchon sur son dos. Vous partez en direction d'une forêt, poursuivis de près par le féroce carnivore. **Attention** à bien t'accrocher : ce n'est pas le moment de tomber !

Plus ta monture avance, plus tu prends confiance et t'habitues à son rythme de marche rapide.

En appuyant avec tes jambes sur ses flancs, tu remarques que tu peux lui donner la direction, un peu comme un cheval ! Grâce à cette intelligente collaboration, vous parvenez à distancer le prédateur qui est dérangé par les arbres sur son chemin.

Tu peux continuer à t'enfoncer dans la forêt luxuriante en allant en 35, ou bien tenter de rejoindre la machine avec le galeamopus au paragraphe 58.

24

Tu avances un peu **trop vite** vers les coelophysis et les petits animaux prennent peur : à leurs yeux, tu ressembles à un dinosaure prédateur et effrayant, ils préfèrent détaler !

Ils laissent en plan leur casse-croûte et se précipitent en dehors de la crique. Tu as à peine le temps d'atteindre leur terrain de jeu que la queue du dernier coelophysis disparaît derrière les arbres.

Pas grave, tu en profites pour enquêter et regarder autour de leur habitat à la recherche de ton chat. Le Paléodex, comme s'il lisait dans tes pensées, retentit.

PALÉODEX

Le Trias a été marqué par l'extinction Permien-Trias, qui a anéanti près des trois quarts de la population marine et terrestre, il y a 250 millions d'années. Ce n'était pas une période facile pour les êtres vivants ! C'était il y a très, très longtemps et même si les animaux d'aujourd'hui ne s'en souviennent pas, ils ont encore du mal à se remettre de cette période.
On peut dire que ceux que nous avons vus dans cette époque sont comme des expérimentations de la nature : ils vont évoluer et prendre diverses formes… jusqu'à la prochaine extinction massive.

D'après mes calculs, il est peu probable qu'un chat se soit plu ici. Recherche dans l'historique… Oui, le Crétacé, en revanche, était une période très propice au développement des animaux ! Peut-être une piste à explorer…

Kiki n'est pas ici, et tu commences à avoir sacrément chaud. Pour continuer ton aventure, tu remontes dans le cockpit de ta machine à voyager dans le temps en 3 et choisis une nouvelle destination.

Période : JURASSIQUE

-201 à -145 millions d'années

Lieu : Amérique du Nord

25 La machine traverse le temps et tu atterris dans un endroit inconnu. Dehors s'étend une vaste plaine bordée d'arbres de taille spectaculaire. Tu distingues des fougères, des cycadales, des pins… cela ressemble à ton monde mais en version géante !

PALÉODEX

Nous nous trouvons au Jurassique, la seconde période du Mésozoïque (l'ère géologique des dinosaures). C'est une période importante pour les sauropodes, ces dinosaures herbivores à quatre pattes et au long cou, mais aussi pour les ptérosaures (des reptiles volants). C'est le moment où ces deux groupes se sont diversifiés. Mais il y a plein d'autres animaux de formes très différentes !
Savais-tu que le nom « Jurassique » vient d'une région française ? Tu la connais ? C'est le Jura !

Tu distingues plusieurs types de dinosaures.

Compte les individus du plus grand groupe de dinosaures. Leur nombre t'amènera au prochain paragraphe !

26

C'est un dinosaure qui s'approche… **Oh non**, il est énorme ! C'est un **T. rex** !

Il avance vers toi en relevant tout doucement ses babines qui laissent apparaître des dents tranchantes.

PALÉODEX

En fait, ce n'est pas n'importe quel T. rex… C'est une femelle ! Les os saillants sous sa peau dévoilent sa maigreur. Elle a sûrement faim et besoin de forces pour nourrir ses propres bébés. Et ces petits Struthiomimus sont un excellent déjeuner…
Mais si tu es dans les parages, elle risque de s'en prendre à toi aussi ! Contrairement aux idées reçues, sa vision n'est pas basée sur le mouvement mais sur un odorat très puissant. Donc si j'étais toi, je me mettrais à courir !

Si tu décides d'aller vers ces rochers pour te cacher, va en 38.

Si tu choisis plutôt ce buisson bien fourni, va en 39.

27

Tu t'enfonces dans la forêt…

C'est **l'aube** : le soleil se lève sur une petite vallée avec de jolies couleurs. Tu redécouvres le plaisir de l'herbe sous tes pieds et le rose du ciel se reflète dans les lacs aux alentours.

Autour de l'eau, plusieurs animaux s'abreuvent. De grands mammouths, des tigres à dents de sabre et de nombreuses autres espèces éteintes au 21e siècle se trouvent devant tes yeux !

C'est un spectacle tellement **captivant** que tu en oublies ta mission : retrouver Kiki ! Mais comment es-tu arrivé là sans ta machine ? Ça existe, les **bugs temporels** ? Quoi qu'il en soit, il faut trouver un moyen de voyager une dernière fois pour rentrer à la maison !

PALÉODEX

Alerte : batterie faible. Protocole d'urgence activé : téléportation ultime à la machine. Valider ?

C'est ta seule chance de rentrer à ton époque : valide le protocole d'urgence et téléporte-toi au cockpit en 3 pour recharger ton Paléodex et chercher Kiki à une autre époque.

28

Tu suis les dinosaures qui fuient à travers les falaises. Après quelques minutes, tu les perds de vue et tu ne sais plus où aller. Le **grondement** continue : tu as peur de rester ici, pas le temps de reprendre ton souffle !

On pourrait croire que c'était la **fin du monde**… Mais ça ne s'est pas passé ici. **Si tu veux savoir comment et où les dinosaures ont disparu, appuie sur pause dans l'histoire en te rendant en 67.**

Tu te retrouves à un carrefour : il va falloir choisir un chemin. Si tu décides d'entrer dans cette grotte, va en 6. Si tu préfères continuer à suivre le chemin vers les falaises sur la droite, va en 49.

29

Poursuivi par l'allosaure affamé, tu cherches un moyen d'échapper à ses crocs acérés.

Ne panique pas. Tu as de trop petites jambes, il faut trouver de l'aide pour le semer. Tu aperçois au loin deux très grands dinosaures. Seraient-ils capables de t'aider à fuir le carnivore ? Si tu te débrouilles bien, tu pourrais leur grimper dessus pour échapper au prédateur…

PALÉODEX

Les sauropodes sont des dinosaures très célèbres. Herbivores et quadrupèdes, on les reconnaît grâce à leur taille imposante et leur long cou. Ils sont réputés pour avoir été les plus imposants animaux terrestres connus mais certains peuvent être de taille plus modeste. Dans ce groupe, on peut nommer Brachiosaurus, Diplodocus ou encore Camarasaurus.

Choisis l'un des deux sauropodes pour te sauver !

Le galeamopus : 23

Le diplodocus : 14

30

En te rapprochant un peu, tu reconnais… **un collier**. Et on dirait bien que c'est le collier de Kiki !

Effectivement, c'est un objet que les dinosaures ne peuvent pas fabriquer avec leurs pattes. Tu as trouvé une anomalie !

PALÉODEX

Matière détectée : nylon. C'est un dérivé du plastique inventé en 1935. Estimation de la date de fabrication de l'objet : 2022.
Je confirme : cet objet n'est pas dans la bonne époque ! Sûrement une piste à explorer pour notre objectif…

Tu mets le collier dans ta poche (c'est un **indice** !) pour éviter qu'un dinosaure ne se blesse avec. Puis quelque chose au sol attire ton attention…

Tout près, derrière les prêles (des tiges vertes hérissées de piques inoffensives), tu remarques deux séries d'**empreintes** de pattes allant dans des directions opposées. Elles ont l'air d'appartenir à deux animaux bien différents !

48

52

Quelles empreintes veux-tu suivre ? Rends-toi au paragraphe correspondant !

31

PALÉODEX

Voici Triceratops, un dinosaure herbivore de la période du Crétacé… Mais c'est dans plus de 160 millions d'années ! C'est un dinosaure du futur !

ERREUR ERREUR !

B

C'est impossible ! Il n'est pas du tout dans son environnement. C'est comme si un ptérosaure traversait notre ciel aujourd'hui et cohabitait avec les cigognes…

Autre problème détecté : Triceratops est en train de dévorer un cadavre ! Pourtant il est herbivore, ce qui veut dire qu'il ne mange que des végétaux, et pas de la viande. C'est un peu une grosse vache du Crétacé ! Ce dinosaure est vraiment une anomalie.

Si tu veux en savoir plus sur le tricératops, va en 64.

On dirait que ta présence attire l'attention du tricératops. Il lâche son dîner et fait quelques pas dans ta direction. Son regard perçant te surprend : ses yeux sont vraiment **étranges** ! Aucun être vivant n'a d'yeux qui brillent à ce point. Il a l'air si **machiavélique…** Il est maintenant assez proche de toi pour te renifler et ça a l'air de lui plaire… Car il se met à trottiner dans ta direction !

Plus que quelques mètres et il sera en face de toi. Ce dinosaure est très gros et il est normalement gentil.

Mais tu sens son haleine d'ici : vu cette odeur de **viande pourrie**, tu n'as pas très envie de te retrouver dans sa gueule… Le voilà qui **gronde** et presse le pas : tu as quelques secondes pour réagir !

Si tu veux te cacher derrière ce buisson, va en 15.

Là-bas, cet autre très gros dinosaure est en train de manger les feuilles au sommet d'un arbre : il est donc herbivore et peut sûrement te sauver ! Tu peux courir vers lui jusqu'en 17.

32

Oups, tu as fait fausse route, ce chemin ne mène nulle part ! **Retourne au paragraphe précédent ou directement au cockpit en 3 si tu es perdu.**

33

Quelques-uns des coelophysis les plus proches de toi reniflent dans ta direction. Ils s'approchent avec prudence, très **curieux** de voir ce que tu leur apportes. L'un d'eux a l'air d'apprécier particulièrement **l'os de lystrosaurus** que tu lui tends : il te renifle les doigts et se saisit de ce petit goûter.

Le coelophysis mâchouille l'os en t'observant du coin de l'œil, comme s'il se méfiait. Tu t'approches doucement sans le regarder directement dans les yeux. Il relâche l'os et accepte tes caresses.

Tu as **gagné** sa confiance ! Il t'en demande plus et fait même des petits bruits très mignons en cherchant ta main avec sa tête.

Tu es officiellement dompteur de petits dinosaures… Mais décidément, Kiki n'est pas là ! Tu peux retourner

au cockpit en 3 pour continuer à le chercher à une autre époque.

Mais si pour toi un dinosaure est un tout aussi bon compagnon qu'un chat… tu peux décider d'emmener le coelophysis avec toi dans la machine et rentrer à la maison ! Ta famille t'attend en 56.

34

Tu parviens à suivre les traces de pattes mais elles s'arrêtent ici. Tu es **ébloui** par une forte lumière bleue et les bruits de la nature disparaissent progressivement. Tout devient silencieux et tu es emporté ailleurs : le portail temporel t'aspire et t'emmène au paragraphe **9** !

35

Sur le dos de ton nouvel ami, tu galopes à travers la forêt et sautes par-dessus les troncs d'arbres. Hop, hop, un coup sur la droite, un coup sur la gauche. Oh oh, le sol tremble, mais ce n'est pas vous qui faites autant de grabuge… Le galeamopus se braque, apeuré par le grondement, et freine brusquement, toutes pattes devant. Tu ne parviens pas à te maintenir sur lui : tu bascules en avant, par-dessus sa tête.

Au moment de toucher le sol, une lumière bleue aveuglante apparaît et t'aspire. Pendant quelques instants, tu as l'impression de tourner dans le vide. Tu ne vois plus la forêt autour de toi et tu n'entends plus les gémissements du galeamopus.

On entend un bruit de réveil. Tic-tac, tic-tac… tic… tac…

Et puis, plus rien.

Réveille-toi en 65.

36

Tu as une idée de génie ! Ce buisson derrière lequel tu te caches a des branches assez fournies que tu brises facilement. Oups, la T. rex t'a-t-elle entendu ? Non, les bébés apeurés font trop de bruit. Tu coinces quelques branches dans ton tee-shirt. Ça chatouille ! Tu en fais même dépasser de tes chaussures.

Le dinosaure approche du nid – ses pas résonnent comme un compte à rebours – et tu te dépêches de casser plus de branches : certaines se glissent dans tes poches et tu en disperses d'autres tant bien que mal dans tes cheveux.

Tu te saisis de deux énormes branches pour parfaire ton déguisement : te voilà transformé en **épouvantail** ! Ni une ni deux, tu prépares tes plus impressionnants cris de méchant dinosaure et tu sors de ton buisson pour faire face à la T. rex.

Le vrai dinosaure s'arrête net, juste devant le nid, l'air hébété : il t'observe sans un mot. C'est ton moment : tu lâches le plus gros cri de **bête féroce** dont tu es capable en l'accompagnant de mouvements de bras et de jambes intimidants. La T. rex te regarde de travers mais tourne les talons et rebrousse chemin sans demander son reste. Tu entends le gros bruit de ses pas qui s'éloigne.

Enfin, **la voie est libre !** Quelle prestation !

Tu as sauvé les bébés struthiomimus ! Débarrasse-toi de ton déguisement et va en 55 pour vérifier qu'ils vont bien.

37

Voici un os de doigt de **lystrosaurus**, un animal préhistorique qui n'est pas un dinosaure. Il avait des défenses, un bec et présentait une vague ressemblance avec un hippopotame. Ce doigt a sûrement servi d'en-cas à un carnivore…

PALÉODEX

Cet os pourrait t'être utile pour la suite : si tu tombes sur un dinosaure carnivore, tu auras quelque chose à lui offrir avant que ce ne soit toi qu'il se mette sous la dent !
Je te conseille de l'emporter.

Tu emportes l'os et tu recommences ta recherche en 10.

38

Tu as couru très vite et te voilà en sécurité derrière le rocher. La T. rex continue de s'approcher avec de gros pas lourds qui soulèvent presque le nid à chaque impact sur le sol. Les bébés struthiomimus sont la cible de ce prédateur ! Ils sont très vulnérables et n'ont aucun moyen de se défendre seuls…

Si tu décides d'observer sagement depuis ta cachette pour te protéger, va en 41.

Si tu veux tenter d'utiliser le rocher pour faire diversion, va en 7.

39

Tu as couru très vite et te voilà en sécurité derrière le buisson. La T. rex continue de s'approcher avec de gros pas lourds qui soulèvent presque le nid à chaque impact sur le sol. Les bébés struthiomimus sont la cible de ce prédateur ! Ils sont très vulnérables et n'ont aucun moyen de se défendre seuls…

Si tu décides d'observer sagement depuis ta cachette pour te protéger, va en 41.

Si tu veux tenter un sauvetage, ose aller en 36 !

40 *Bravo, tu as débloqué une nouvelle destination ! Note le numéro du paragraphe sur la page du cockpit pour y retourner facilement plus tard.*

Période : CRÉTACÉ

-145 millions à -66 millions d'années

Lieu : Mongolie, désert de Gobi

Tu débarques dans un autre paysage : celui de la Mongolie il y a 72 millions d'années ! Discrètement, tu observes les dinosaures qui t'ignorent derrière les herbes hautes.

PALÉODEX

Cette fois, on n'a pas changé d'époque, mais on a changé de lieu. Les dinosaures d'Amérique du Nord, là où nous étions, sont les plus connus. Mais en Mongolie où nous avons été téléportés, à l'autre bout de la planète, il y a aussi des tas de dinosaures que tu connais peut-être ! Par exemple, un dinosaure emblématique, véloce et plumeux… Tu le vois ?

Le sol se met soudain à trembler. Que se passe-t-il ? Un volcan en éruption ? Un séisme ? Une météorite qui s'écrase ?
Tu te sens en danger. Les animaux préhistoriques paniquent eux aussi et s'enfuient vers la falaise.

53

Si tu décides de prendre tes jambes à ton cou et de suivre les dinosaures vers les hauteurs : va au paragraphe 28.

Cependant, il y a peut-être une autre voie si tu cherches bien autour de toi…

41

La T. rex s'approche du nid de son pas lourd. Tu te recroquevilles dans ta cachette en faisant le moins de bruit possible pour qu'elle ne te remarque pas. Tu l'entends renifler. Ses énormes narines soufflent très fort. Les bébés struthiomimus crient de plus belle. La mâchoire du dinosaure **claque** une fois – les bébés couinent encore un peu – puis claque une deuxième fois, puis… **plus rien**. Le silence devient pesant jusqu'à ce que tu entendes un bruit de léchage de babines. Le grand monstre semble tourner les talons et le bruit de ses pas s'éloigne.

Pour découvrir ce qu'il s'est passé, va en 62.

42

Tu te diriges vers le feu de camp. Les chants se font de plus en plus forts : il y a bel et bien des **humains** comme toi là-bas ! Tu t'approches et découvres un campement avec des adultes et des enfants qui s'affairent autour d'un feu et de carcasses d'animaux.

Ils sont vêtus de fourrures et sont assis devant leurs tentes en peaux de bêtes. Voir les enfants jouer ensemble en rigolant te fait sourire. Malgré ton accoutrement, qui est probablement très étrange pour eux (et pas assez chaud !), ils te font un signe amical de la main.

Toute la communauté te regarde de haut en bas quand tu t'approches. D'un air inquiet, ils te proposent quelque chose à manger ainsi que de grosses fourrures bien chaudes pour te couvrir.

PALÉODEX

ALERTE : `batterie faible. Protocole d'urgence activé: téléportation ultime à la machine. Valider ?`

Pas de chance ! Si tu saisis la seule opportunité de rentrer à ton époque, valide le protocole d'urgence : tu te téléporteras au cockpit en 3 pour recharger ton Paléodex et chercher Kiki à une autre époque.

Si tu décides au contraire de laisser la batterie se vider afin de visiter ce nouvel endroit et faire la connaissance de ces humains, continue en 57.

43

Tu as trouvé **Morganucodon**. C'est un mammifère préhistorique un peu plus grand qu'une musaraigne qui mange des insectes. Il est si petit qu'il tiendrait dans ta main… Mais tu lui fais peur, il détale !

Tu peux tenter de tracer un autre chemin dans le labyrinthe en 48.

44

Quelle bonne idée, cette fougère peut te sortir du pétrin ! Tu tentes de te grandir en tendant le bras le plus loin possible. C'est très difficile et tu te sens t'enfoncer encore plus dans la vase. Mais tu es persévérant : tu étends tout ton corps vers l'avant et **bingo**, tu parviens à t'en saisir !

Avec une seule main, tu tires de toutes tes forces. Tes jambes sortent petit à petit de la vase. Tu te désembourbes assez pour prendre la fougère avec ta deuxième main et tu tires une nouvelle fois : **bravo**, tu as libéré tes genoux de la vase !

Proche du but, tu te hisses une dernière fois très fort mais, alors que tu allais enfin atteindre la terre ferme…

Crac, la fougère se casse net !

Oh ?! Tu t'attendais à glisser à nouveau mais c'est bizarre, la vase ne t'aspire plus. Quelque chose a changé. C'est le silence complet. Tu n'entends même plus les petits cris des coelophysis… C'est comme si le temps s'était arrêté. La fougère reste tendue devant toi : tu la lâches et elle ne bouge pas d'un poil. Tout est immobile. C'est **étrange…**

Avant que tu n'aies le temps de dire « **ouf** », une lumière bleue aveuglante emplit l'atmosphère. Tes actions ont modifié l'espace-temps !

Un portail d'anomalie temporelle se forme devant toi et t'engouffre au paragraphe 9.

45

Ceci est un lit de rivière asséché. Le climat est aride et les dinosaures se retrouvent malheureusement à errer pendant très longtemps pour trouver de l'eau. Malgré la difficulté que cette sécheresse engendre pour la survie, l'absence d'eau dans la rivière est normale au Trias.

Recommence ta recherche en 10.

46

Raté ! Tu as trouvé un morceau de liane qui ne mène nulle part… **Retente ta chance en 49 !**

47

Tu as retrouvé le bébé vélociraptor, **bien joué !** Mais alors que tu t'en approches pour le ramener à ses parents, tu te rends compte qu'il n'est pas seul : on dirait qu'il s'est fait un ami.

Tu te prépares à recevoir de l'aide du Paléodex lorsque tu te rends compte qu'en fait… tu connais très bien cet animal !

Tu as retrouvé **Kiki** ! Les vélociraptors l'ont accepté comme l'un des leurs. Quel aventurier !

Tu l'appelles d'une voix enthousiaste et il répond à son nom avec un petit roucoulement de chat. Il se précipite vers toi et tu l'attrapes bien fermement. Pas question qu'il s'en aille encore une fois ! Déjà que tu as voyagé des millions d'années pour le retrouver…

Tu raccompagnes le petit vélociraptor à son nid : sa famille est ravie de l'avoir retrouvé. Alors que tu t'oublies à les observer, ils te lancent des cris menaçants…

Mission accomplie. Ne traîne pas ! Il est temps de ramener ce chenapan au 21e siècle. Prends la machine jusqu'en 63.

48

PALÉODEX

Je suis formel, ce sont bien des traces de pattes de chat de la période moderne… Elles n'ont rien à faire ici ! On sait cependant que des mammifères comme Kiki ont cohabité avec les dinosaures mais ils étaient bien différents de ton chat. Par exemple, si tu regardes vers la gauche, dans les fourrés, tu peux apercevoir un animal qui ressemble à un mammifère de notre époque : c'est Morganucodon.

Tu continues de suivre les empreintes de chat pendant une bonne demi-heure. Elles serpentent à gauche, à droite… mais il fait chaud et tu commences à fatiguer.

Le paysage change : tu te retrouves dans une zone plus clairsemée. Des prêles (des tiges vertes hérissées de piques inoffensives) se dressent devant toi. Elles t'arrivent aux épaules et tu t'engouffres à l'intérieur. Les passages sont étroits mais ces roseaux te dessinent plusieurs chemins… Cela ressemble à un labyrinthe !

Cherche ton chemin dans ce labyrinthe et rends-toi au premier numéro de paragraphe sur lequel tu tombes.

49

Tu sors enfin et tu te retrouves aux abords d'une grande falaise. Protégé par la végétation, tu distingues un nid avec de petits dinosaures à plumes et quelques œufs. Ils sont méfiants et les parents ont l'air de bien défendre leur territoire. Tu devrais peut-être t'éloigner ?

Te voilà rassuré ! Tu peux donc les observer de loin. Tiens, il manque un petit par rapport au nombre d'œufs qu'il y a dans le nid. Où a-t-il pu bien passer ? Encore plus étrange, quelques touffes de poils semblent recouvrir une partie du nid, d'une couleur qui ne ressemble à aucun animal que tu as vu jusqu'à maintenant.

Essaye de retrouver le petit dinosaure !

PALÉODEX

Voici Velociraptor ! Ce petit carnivore n'est pas particulièrement dangereux pour l'humain quand il est seul et de bonne humeur. Sa hauteur ne dépasse que rarement les 60 centimètres (il est plus petit que certains chiens).

46
5
47
32

Période : CRÉTACÉ

-145 millions à -66 millions d'années

Lieu : Amérique du Nord

! A

50 La porte de la machine s'ouvre. **Waouh !** Quel spectacle fantastique ! Tu te retrouves dans une jungle pleine de dinosaures tous plus étonnants les uns que les autres.

PALÉODEX

Le Crétacé est la dernière période du Mésozoïque. C'est l'époque où vivaient les dinosaures les plus connus, ceux que tu as sûrement vus dans les films et les livres. Par exemple, saurais-tu reconnaître Triceratops ? Il a une grande collerette et trois cornes. Si tu arrives à le trouver, il t'amènera vers un petit bonus noté sur son dos !

Les animaux ici ont des formes extrêmement variées : ils sont cuirassés, à plumes, à cornes, ailés, géants, minuscules…

C'est grâce au développement de nouvelles plantes à fleurs que les abeilles, mouches et papillons ont pu faire un super travail de pollinisation : la végétation est devenue très riche.

Tu entends un bruit très aigu dans les parages. Observe bien la scène et cherche la source de ce son, puis rends-toi au paragraphe correspondant.

51

La grande **silhouette** avance dans la lumière de la lune et tu découvres une adulte habillée de vêtements très chics : un grand manteau et un chapeau élégant faits de matières étranges et ornés de motifs que tu n'as jamais vus auparavant. Elle a un sourire bienveillant.

« Je vois que tu as découvert ma machine. Merci de me l'avoir rapportée, j'étais perdue dans ton époque sans mon **Paléodex…** Grâce à toi, je vais pouvoir retourner à la maison ! »

Tu as plein de questions, mais tu restes bouche bée… La dame a un petit rire.

« J'étais comme toi la première fois : super impressionnée ! Tu verras, plus tu voyages dans les époques, plus tu te rends compte que l'univers est vaste. »

C'est incroyable, les voyageurs du temps existent donc bel et bien !

« J'espère que tu t'es bien amusé. Allez, rentre vite chez toi, ta maman t'attend ! »

Tu observes la **voyageuse du temps** s'éloigner vers le tronc d'arbre aux portes ouvertes. Elle te fait un dernier clin d'œil avant de fermer les portes derrière elle. Tu restes planté là un instant pour voir la machine disparaître dans un faible grondement, comme si elle n'avait jamais été dans ton jardin.

Plein d'**étoiles** dans les yeux, tu remontes vers ta maison pour le dîner.

COELOPHYSIS

52 Tu arrives au niveau d'une crique.
Oh oh, on dirait que tu as suivi les empreintes de pas d'un coelophysis ! Te voici devant un marécage où plusieurs de ces petits dinosaures se baladent, jouent, mangent et se reposent.

Coelophysis (prononcé cé-lo-fi-zisse) fait partie de la famille des théropodes.

Taille

Avec sa queue, il pouvait faire jusqu'à 3 mètres de long, mais il mesurait seulement 1 mètre de haut.

Chasse

Malgré sa petite taille par rapport aux autres dinosaures que tu connais, Coelophysis était redoutable : il s'unissait à ses camarades pour chasser d'autres dinosaures, parfois même plus gros que lui. Et attention, il était très agile !

Ton chat pourrait-il s'être trouvé une nouvelle famille parmi les coelophysis ? Ils ont pourtant l'air d'avoir de petites dents bien acérées… Que décides-tu de faire ? Si tu restes en retrait, va en 13. Si tu décides de t'approcher des dinosaures, va en 19.

Doigts

Il possédait trois longs doigts et un quatrième tout petit. Avec de l'entraînement, tu pourrais peut-être lui apprendre à faire tope là !

Pattes

C'était un dinosaure bipède : il marchait sur ses deux pattes arrière et ses pattes avant étaient plus petites. Il faisait partie de la même famille qu'un autre dinosaure bipède, plus grand: le fameux T. rex.
L'as-tu déjà rencontré ?

53

Tu te réfugies dans un **terrier** où tu parviens tout juste à te faufiler. Tu découvres la vie souterraine des dinosaures.

PALÉODEX

ANALYSE DU TERRIER : climat semi-aride. Il y a quelques cours d'eau souterrains.
Présence de Gobiosuchus (un crocodile préhistorique), de lézards et de zalambdalestes (qui ressemblent à des musaraignes). Les chercheurs ont majoritairement retrouvé des fossiles de petits ou moyens animaux datant du Crétacé. Ils en ont même déniché beaucoup : en effet, les animaux étaient pris au piège par les tempêtes de poussière et de sable, nombreuses à cette époque, qui enfouissaient ensuite leurs fossiles.

Tu distingues de la lumière en face de toi : une sortie ! Mais tu remarques également des pattes et un derrière qui bouchent cette sortie. C'est un dinosaure plus grand que les autres qui n'a pas l'air de vivre dans le terrier. En te tortillant sous la terre, tu te rapproches et tu notes qu'il est pourvu de **plumes**.

Mais qu'est-ce que c'est, accroché à ses griffes ? On dirait des poils ! Étrange, non ? Ce dinosaure n'a pas de poils et d'ailleurs, leur couleur ne ressemble en rien à celle des mammifères de ce terrier !

Si tu souhaites te frayer un chemin pour prendre la sortie et rencontrer le dinosaure à plumes, va en 49.

Si tu trouves cet endroit trop dangereux et si tu préfères voyager ailleurs maintenant que le gros bruit dehors s’est calmé, retourne au cockpit en 3.

54

Tu tentes de jouer avec les boutons du cockpit, mais la machine te demande d'entrer un mot de passe. Un **symbole** bizarre s'affiche… On dirait qu'il manque la moitié de ce nombre ! As-tu trouvé le morceau qui le complète ? Tu en as besoin pour obtenir le numéro de paragraphe qui t'emmènera en **Mongolie** au Crétacé.

55

Tu te remets de tes émotions, tapotes tes vêtements pour retirer la saleté et fais quelques pas pour vérifier que les bébés struthiomimus vont bien. Pas de doute, ils sont sains et saufs, toujours en train de tester leur voix. Tu souffles un bon coup, soulagé d'avoir pu faire partir le prédateur.

Les œufs restants dans le nid commencent à **éclore**. Tu t'agenouilles un instant près de ce spectacle de naissances et, après quelques minutes, tous les œufs ont éclos... Sauf **un**.

Si tu veux faire un petit câlin aux bébés dinosaures et laisser leur mère revenir pour s'occuper d'eux, tu peux retourner à l'atterrissage en 50 pour vérifier qu'il n'y avait pas d'autres bruits étranges. Kiki pourrait se cacher dans cette époque !

Mais si tu veux t'occuper de ce dinosaure qui n'a pas encore éclos, tu peux prendre le dernier petit œuf avec toi à la maison. Tes parents ne verront sûrement pas la différence avec le chat... Le chemin du retour se trouve en 61.

Période : MODERNE

2025

Environnement : frais et humide

D

56

Le coelophysis est très sage pendant tout le trajet grâce à la friandise que tu lui as donnée. Il reste à tes côtés jusqu'à l'atterrissage. **Boum**, les portes s'ouvrent sur ton époque : ton dinosaure apprivoisé et toi sortez de la machine côte à côte et rejoignez le jardin déjà presque plongé dans la pénombre.

Ta maman te voit arriver au loin avec un petit animal qui est bien trop gros pour être Kiki. Il va falloir trouver une explication… et de la nourriture adaptée ! Comment vas-tu appeler ton nouveau compagnon ?

Quelqu'un vient de sortir de derrière les arbres. Qui est-ce ? Et est-ce que cette personne t'a vu sortir de la machine à voyager dans le temps ? Tu le découvriras en 51…

57

PALÉODEX

Le Paléolithique, c'est l'époque de tes ancêtres. Savais-tu que plusieurs espèces d'humains ont vécu ensemble à cette période ? Homo neanderthalensis et Homo sapiens (nous), par exemple, ne sont pas de la même espèce et ont pourtant cohabité lors de cette période de la Préhistoire. Aujourd'hui, les humains de Neandertal n'existent plus mais certains de leurs gènes ont survécu et ont fini par être assimilés par Homo sapiens, l'humain moderne que tu es aujourd'… *BIIIIIIP*

Le Paléodex s'éteint et affiche une pile rouge barrée sur son écran. La batterie est **vide**.

Les campeurs n'ont pas l'air d'avoir remarqué cette étrange montre à ton poignet. Ils te tendent des baies, des fruits et des noix. C'est vrai que toute cette aventure t'a donné faim...

Après avoir fini ton repas et tenté d'apprendre les prénoms des autres enfants, tu t'assois avec les familles au coin du feu pour observer les **aurores boréales**. Ce sont des lumières vertes dans le ciel qui forment des vagues magnifiques en éclairant la neige de leur douce couleur. On dirait de longs chemins menant à une autre dimension.

Tu te sens bien ici. Tout est très calme et tu es bien entouré. Il y a plein de choses que tu ne connais pas mais que tu as vraiment hâte de découvrir. Par contre, ce sera sans l'aide d'une quelconque encyclopédie. Tu baisses les yeux vers le Paléodex et son écran maintenant noir.

C'est comme entrer tête la première dans un livre : tu es maintenant le personnage principal d'une aventure qui n'aurait pas pu avoir lieu dans la réalité. Ton chat doit vivre la même chose ailleurs et à une autre époque. Tu l'imagines cohabiter avec ses nouveaux amis dinosaures et cette pensée te rend heureux.

Découvre la suite de ton histoire en 66.

58

Pas facile de se repérer dans cette nature inconnue : vous avez parcouru un bon nombre de kilomètres ensemble et ton fidèle destrier ne connaît pas plus le chemin vers la machine que toi.

PALÉODEX

MODE GPS ACTIVÉ.

Ce point sur la carte indique la machine ! Super pratique, le Paléodex ! Tu guides ton ami galeamopus entre les arbres, en vérifiant que l'**allosaure** est toujours hors de vue. Le galeamopus a l'air d'apprécier votre petite excursion : il trottine et grogne avec satisfaction.

Ça y est, la machine apparaît devant vous, entre les fougères. Alors que vous vous approchez, tu remarques qu'elle se transforme… Les portes semblent s'agrandir !

PALÉODEX

Modulation terminée. Capacité d'accueil de la machine augmentée.

Décidément, cette machine est pleine de **surprises** ! Le galeamopus ne semble pas particulièrement impressionné à l'idée d'entrer à l'intérieur d'un tronc d'arbre géant… Vous passez tous les deux par les grandes portes et il s'arrête pour te laisser descendre. **C'est parti** pour le pilotage !

La machine à voyager dans le temps se met à vibrer. Vous quittez la Préhistoire ensemble et lorsque la porte s'ouvre à nouveau, tu te retrouves devant ton jardin au 21e siècle.

Te voici rentré sans ton chat… mais avec un énorme **dinosaure** ! Quelle chance, tu as toujours voulu avoir un poney ! Tes parents ne t'en voudront sûrement pas si tu parviens à leur assurer que tu t'en occuperas…

Tu penses à Kiki, sûrement en train de se promener dans la Préhistoire. Tu es triste de ne pas l'avoir ramené à la maison et tu te promets de retenter l'aventure dès que possible. Tu es certain que tu peux le retrouver en repartant dans la machine !

Alors que le galeamopus sort explorer sa nouvelle maison en piétinant le précieux potager, quelqu'un sort de derrière les arbres. Qui est cette personne ? Et que fait-elle dans ton jardin ? Est-ce qu'elle t'a vu sortir de la machine à voyager dans le temps ?

Tu le découvriras en 51.

59 *Bravo, tu as débloqué une nouvelle destination*
Note le numéro du paragraphe sur la page du cockp
pour y retourner facilement plus tard.

Période : CARBONIFÈRE

-360 à -300 millions d'années

PALÉODEX

Le Carbonifère est la période qui suit le moment où les plantes, les insectes et les animaux sont sortis de l'eau pour commencer à évoluer sur la terre. On y trouve beaucoup d'arbres et d'insectes, qui sont parfois géants. On pense que les fossiles de ces premiers grands arbres et fougères ont alimenté les mines de charbon de la révolution industrielle, 200 ans avant ton siècle.

Saurais-tu faire la différence entre ce qui est un insecte et ce qui n'en est pas ? Tu peux vérifier tes réponses dans les solutions à la fin du livre.

Regarde, tu as trouvé quelque chose ! On dirait un **indice…** Il vaudrait mieux l'emporter, il pourra sûrement t'être utile !

Une fois que tu as fini d'explorer cet endroit, active le transport d'urgence du Paléodex pour retourner à la machine en 3 !

60 *Bravo, tu as débloqué une nouvelle destination ! Note le numér du paragraphe sur la page du cockpit pour y retourner facilemen plus tard.*

Période : HADÉEN
-4,6 à -4 milliards d'années

Tu arrives dans un endroit qui ressemble à l'enfer sur Terre. Est-ce que c'est la fin du monde ?

Impossible de trouver Kiki ici ! Si tu restes tu risques de devenir aussi rouge que c magma. **Après avoir observé les lieux, tu peu reprendre le portail et revenir au paragraph 10 pour voir si tu n'as pas raté quelque chose**

PALÉODEX

Non, au contraire : c'est le commencement de notre planète, à l'aube des temps, quand il n'y avait encore aucun être vivant sur Terre.

Pendant la très longue période de l'Hadéen, la Terre, encore toute jeune, n'était qu'une boule de magma en pleine construction de sa surface terrestre.

La Lune était très proche de la Terre par rapport à ton époque, c'est pour cela qu'elle a l'air aussi grande. La mer était volcanique, il y avait de nombreux bombardements de météorites… Impossible de trouver de l'eau par ici, et encore moins la vie !

61

De retour à la machine, tu enclenches les commandes pour retourner à la maison. L'œuf s'agite durant le voyage. Son éclosion est **imminente**. Tu tentes de lui trouver un endroit à l'abri des secousses pour qu'il ne se brise pas mais il roule partout ! Tu le gardes précieusement entre tes mains en le protégeant des chocs.

Soudain, les tremblements s'arrêtent et tu peux enfin te détendre. **Ouf**, tout le monde est sain et sauf ! Il est temps de découvrir si tu es arrivé à bon port…

Quand tu ouvres la porte, tu te retrouves à ton époque, au fond de ton jardin. La nuit est tombée. Tu prends l'œuf délicatement et tu marches vers ta maison.

Tu regrettes que Kiki ne soit pas avec toi : malgré tous les super dinosaures que tu as rencontrés, il reste ton animal préféré ! Tu te promets de retenter le voyage dans la Préhistoire afin de le ramener **pour de bon** à la maison.

Alors que ta maman s'apprête à te demander où tu étais passé, l'œuf se craquelle et elle s'interrompt. Tu le poses par terre. Un tout petit dinosaure sort sa tête de la coquille et se met à crier comme un nouveau-né.

« Tu as des choses à me raconter, on dirait, dit ta maman en croisant les bras d'un air un peu sévère. Qu'est-ce que c'est que cette chose ? »

Ta maman s'intéresse à l'œuf et ne remarque pas que quelqu'un sort de derrière les arbres. Mais qui est ce drôle de personnage dans ton jardin ? Est-ce qu'il t'a vu sortir de la machine à voyager dans le temps ? Tu le découvriras en 51…

62

Ouf, tu es tiré d'affaire ! Tu sors de ta cachette, toujours prudent. Tu jettes un coup d'œil aux alentours : plus aucun dinosaure en vue. C'est calme. Trop calme… Le nid a disparu, et les cris des nouveau-nés avec. Le T. rex a tout avalé.

PALÉODEX

Il n'y a pas d'animaux gentils ou méchants, il y a juste des animaux qui ont besoin de manger pour se nourrir ou nourrir leurs petits. Certains ont un système digestif fait pour assimiler des végétaux et d'autres de la viande ou encore des insectes.

Oh oh, tu sens une haleine chaude à l'odeur de viande pourrie près de toi. Tu es tombé dans un piège, la T. rex attendait patiemment et a encore faim ! Croc !

FIN…

Tu as perdu.

Un peu dommage de terminer le livre en se faisant croquer tout cru, tu ne trouves pas ? Heureusement, tu peux recommencer au début pour tenter de débloquer une des autres fins !

63

Cette aventure n'était pas de tout repos, mais tu as réussi ! Tu es soulagé de piloter cette machine étrange pour la dernière fois.

Kiki **ronronne** et se frotte à ton visage durant le voyage. On dirait que, lui aussi, il a plein de choses à raconter.

Tu arrives enfin à la **maison** et, lorsque tu sors de la machine, il fait nuit. Le chat trottine jusqu'à la maison. Ta maman vous observe revenir du jardin.

Quelqu'un sort de derrière les arbres. Mais qui est ce drôle de personnage dans ton jardin ? Est-ce qu'il t'a vu sortir de la machine à voyager dans le temps ? Tu le découvriras en **51…**

TRICERATOPS

64

Triceratops est un dinosaure très célèbre de la période du Crétacé supérieur. Il vivait en Amérique du Nord : impossible de le retrouver en France, en Mongolie ou en Afrique ! Il mesurait 7 à 10 mètres de long et pesait environ 7 tonnes.
Il possédait trois cornes : deux sur le haut du crâne, au-dessus de chaque œil, qui mesuraient un mètre de long chacune, et une corne sur le museau. Cela rappelle le rhinocéros !

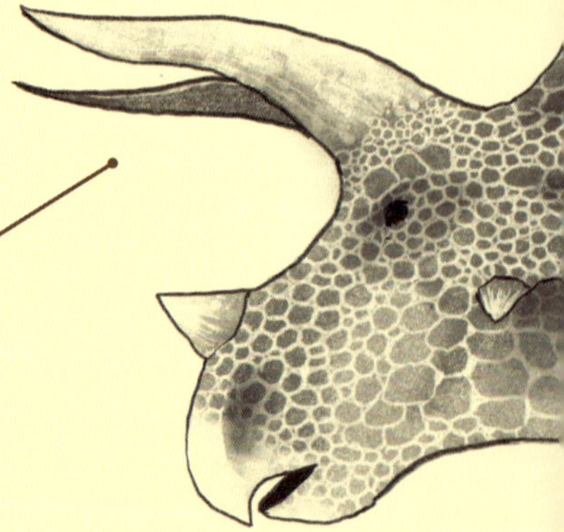

Cornes

Les cornes au-dessus des yeux des triceratops changeaient en fonction de leur âge : les cornes des petits étaient droites, mais en grandissant elles se courbaient vers l'arrière. À l'âge adulte, les cornes poussaient à nouveau vers l'avant. Elles étaient osseuses et recouvertes de kératine, la même matière que tes ongles.

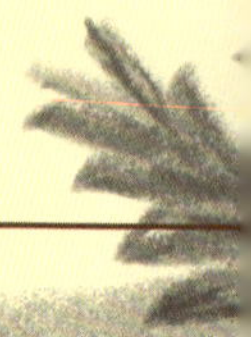

Gueule

Triceratops était herbivore, ce qui signifie qu'il ne mangeait que des plantes. Il ne chassait pas, c'est plutôt lui qui était chassé : Tyrannosaurus rex était son plus grand ennemi.

Collerette

Ce qui rendait Triceratops très spécial, c'était sa collerette très solide faite d'os. Elle pouvait servir de moyen de défense contre les prédateurs, mais aussi de moyen de domination entre mâles, comme les bois des rennes aujourd'hui : Triceratops faisait peut-être des concours de la plus belle collerette !

Les jeunes triceratops avaient une collerette bordée de petits os triangulaires qui leur faisaient une jolie coiffe, mais ces triangles s'aplatissaient avec l'âge et les vieux triceratops avaient une collerette à bord lisse.

Triceratops vivait en troupeau, ce qui l'aidait à se protéger des prédateurs : il avait moins de chance de se retrouver seul face au grand Tyrannosaurus rex.

Tu peux désormais retourner en arrière pour poursuivre ton aventure.

65 *Bravo, tu as débloqué une nouvelle destination ! Note le numéro du paragraphe sur la page du cockpit pour y retourner facilement plus tard.*

Période : PALÉOLITHIQUE

-40 000 ans

Europe

Te voici dans un paysage inconnu. Il fait froid, bien plus qu'à l'endroit où tu te trouvais une seconde auparavant.

PALÉODEX

Tiens, c'est curieux ! Tu as été téléporté sans la machine… Cela arrive très rarement et c'est en général dû à des anomalies temporelles. Le cours de l'Histoire a dû être modifié !

Nous sommes au Paléolithique. Ici, pas de dinosaures… mais des humains qui vivent avec d'autres animaux. Les humains sont chasseurs-cueilleurs et nomades : ils n'ont pas de maison fixe et se déplacent au gré des saisons, en fonction de la nourriture disponible dans la nature, et en vivant dans des campements. La population est très faible à cette époque, surtout maintenant : nous avons atterri dans une période glaciaire. C'est le début de l'humanité.

Le jour se lève au-dessus des arbres. C'est un feu de camp, au loin ? Tu distingues le son de chants joyeux. Tu ne reconnais pas la langue mais tu es presque sûr que les dinosaures ne savent pas chanter !

À travers l'épaisse forêt et les montagnes, tu entends d'autres bruits qui ne te rassurent pas… On dirait des animaux… lesquels ?

Si tu souhaites te rapprocher du feu de camp, va en 42. Si tu préfères te promener dans la nature, rends-toi en 27.

Plusieurs jours, semaines et mois se succèdent. Le **Paléolithique** est ta nouvelle maison : les autres enfants du camp t'apprennent à t'exprimer dans leur langage, qui n'existe pas à ton époque. Ils sont très sympathiques et vous êtes déjà de très bons amis ! Ils t'entraînent à imiter le bruit des animaux en soufflant dans tes mains et vous vivez plein d'aventures dans cette nature enneigée.

Tu apprends beaucoup : comment faire du **feu** pour te réchauffer, poser un piège à gibier pour attraper de quoi te nourrir et préparer les lapins pour les cuire. Ici, pas de magasins : il faut tout faire soi-même tous les jours. Heureusement qu'il n'y a pas besoin d'aller au travail, car cela prend une bonne partie de la journée ! Et le soir, vous pouvez profiter d'un moment tous ensemble…

Tu as laissé derrière toi ton chat et ta **machine** à voyager dans le temps mais aussi ta maison, ta famille et ta vie d'avant pour t'installer ici. Pourtant, malgré le froid, tu t'y plais assez : tu vis en parfaite connexion avec la nature et ta nouvelle famille. Tu deviens un nomade du passé et tu vis de grandes aventures avec ton nouveau clan. Tu es désormais un **chasseur-cueilleur** explorant de grandes forêts enneigées !

BRAVO,

TU AS TROUVÉ UNE FIN CACHÉE !

Si tu veux retenter de trouver Kiki, tu peux recommencer le livre au début et découvrir d'autres chemins.

PALÉODEX

Il existe plusieurs théories sur l'extinction des dinosaures : la météorite de Chicxulub en est une. Il s'agit d'une énorme météorite qui a percuté la Terre au niveau du golfe du Mexique, dans la péninsule du Yucatán. On peut d'ailleurs toujours observer aujourd'hui le cratère laissé par l'impact.
Cette météorite est un événement important dans l'extinction des dinosaures non aviens, c'est-à-dire les dinosaures qui ne sont pas des oiseaux : elle a causé des bouleversements sur la planète comme des séismes, des raz-de-marée, des éruptions volcaniques… l'ambiance n'était pas idéale pour vivre tranquillement !
La Terre est devenue de moins en moins viable pour les dinosaures non aviens. On pense que leur population a progressivement baissé, ce qui a laissé plus de place au développement des mammifères, des oiseaux et des reptiles.

C'est un épisode très important de l'histoire… dans lequel il ne fait pas bon vivre pour un humain ! Retourne en 28 pour continuer ton aventure.

LE SAIS-TU ? !

A - Le Paléodex s'exprime avec des termes scientifiques.

Si tu as remarqué que le Paléodex n'appelle pas les dinosaures exactement comme nous, bravo, tu as raison ! Les scientifiques parlent des dinosaures sans mettre d'article devant leurs noms, comme s'ils parlaient d'une personne. Ils et elles disent donc « Voici Triceratops », et non « ceci est un tricératops ». C'est comme si chaque dinosaure était une star !

B - Les animaux herbivores stricts… peuvent parfois manger des animaux.

C'est le cas des lapins par exemple. Quand la femelle qui a mis bas se rend compte que l'environnement n'est pas viable pour ses petits, elle les dévore. Pour les dinosaures, c'est pareil : on a retrouvé des petits dinosaures herbivores dans les estomacs de dinosaures herbivores adultes. Ils se mangeaient parfois entre eux.

Il est donc probable que notre étrange tricératops qui mange un autre animal ne soit pas si rare dans la vraie vie !

En revanche ce qui est bizarre, c'est un tricératops au Trias… rends-toi compte, il est en décalage d'environ 150 millions d'années avec sa bonne époque, c'est énorme !

C'est comme si toi, tu rencontrais un diplodocus dans la forêt. Impossible !

C - Tu aurais pu rencontrer Coelophysis à cette période... mais tu aurais dû beaucoup marcher !

En effet, tous les animaux du chapitre Trias que tu croises dans le livre sont des animaux d'Europe. Coelophysis vient d'Amérique du Nord ou du sud de l'Afrique.

Cependant, à l'époque, les continents étaient regroupés en un supercontinent appelé Pangée. En t'équipant de bonnes chaussures et de beaucoup de courage, tu aurais pu passer de l'Europe à l'Amérique ou à l'Afrique sans avoir à traverser l'océan Atlantique ou la Méditerranée !

D - Coelophysis vient avec toi... mais tu n'aurais jamais dû lui proposer de venir !

Avec ce livre, nous te racontons une histoire mais dans la vraie vie, il ne faut jamais ramener un animal sauvage chez soi ! Tout d'abord ce serait l'arracher à son milieu naturel et lui imposer une vie domestique, ce qui changerait toutes ses habitudes et le perturberait trop. C'est comme si tu le kidnappais !

De plus, il pourrait te transmettre des maladies ou tomber gravement malade dans ton habitat. Il n'a pas les défenses nécessaires dans son organisme pour faire face aux virus et bactéries inoffensifs pour les humains.

C'est pareil pour les plantes et les minéraux : même si une pierre te semble très jolie quand tu explores un site naturel, laisse-la où elle est. On le néglige souvent mais c'est très important pour la biodiversité. Sa place est dehors, pas dans ta chambre.

E - Les vélociraptors seraient-ils aussi gentils dans la vraie vie ?

Il y a peu de chances. Les vélociraptors de notre livre sont très amicaux mais, en réalité, ils n'auraient jamais accueilli Kiki parmi eux et l'auraient probablement chassé ou pire… dévoré. C'est ainsi.

Ils ont des dents acérées et de grandes griffes adaptées à la chasse et au dépeçage : il vaut mieux ne pas croiser leur route.

F - Pourquoi ces couleurs sur la frise et les numéros de paragraphe ?

Ces couleurs viennent de l'échelle des temps géologiques. Elles sont utilisées par les scientifiques pour classer chronologiquement les époques de notre planète. Dans ce livre, on a respecté ces couleurs afin d'être au plus proche de la recherche scientifique d'aujourd'hui !

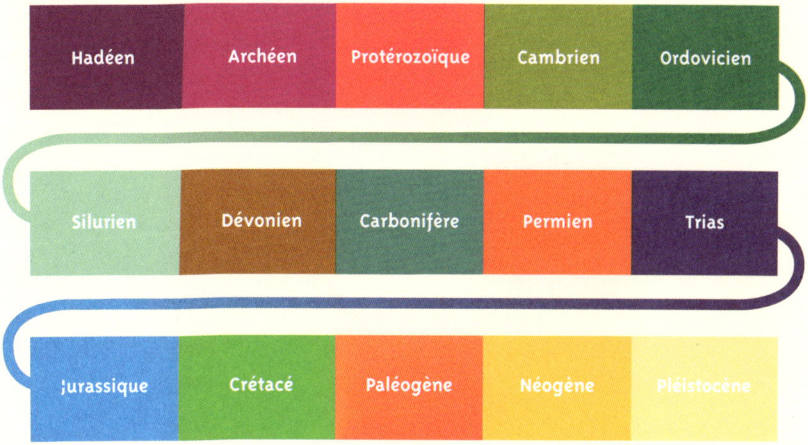

G - Peut-on rapporter un œuf à la maison ?

Comme tu l'as peut-être déjà lu au paragraphe D, il ne faut jamais ramener un animal sauvage chez soi ! Tout d'abord ce serait l'arracher à son milieu naturel et lui imposer une vie domestique, ce qui changerait toutes ses habitudes et le perturberait trop. C'est comme si tu le kidnappais ! De plus, il pourrait te transmettre des maladies ou tomber gravement malade dans ton habitat. Il n'a pas les défenses nécessaires dans son organisme pour faire face aux virus et bactéries inoffensifs pour les humains.

C'est pareil pour les plantes et les minéraux : même si une pierre te semble très jolie quand tu explores un site naturel, laisse-la où elle est.

On le néglige souvent mais c'est très important pour la biodiversité. Sa place est dehors, pas dans ta chambre.

SOLUTIONS

10

Deux éléments de cette page ne devraient pas exister au Trias : un tricératops (**31**) et… un collier de chat (**30**)! N'hésite pas à aller également observer l'os en **37**, il te sera utile plus tard.

19

Si tu as récupéré l'os de lystrosaurus en arrivant au Trias (**10**), tu peux certainement amadouer le troupeau du coelophysis.

25

Tu as peut-être compté 11 ptérosaures… mais ce ne sont pas des dinosaures. Va au paragraphe **11** pour en savoir plus. Il y a en revanche un groupe de 8 stégosaures: va au paragraphe **8** pour en apprendre plus sur ces véritables dinosaures.

30

Les empreintes qui mènent au paragraphe **48** sont des empreintes de chat… sûrement celles de Kiki !

40

Tu peux te glisser dans une grotte en **53**.

48

Ce labyrinthe peut te mener à une liane en **32**, un mammifère appelé Morganucodon en **43** et un portail temporel en **34**. Teste donc le portail !

49

La liane qui correspond au petit vélociraptor mène au paragraphe **47** ! Les trois autres lianes sont des fausses pistes.

50

La clochette du collier de Kiki est cachée entre les arbres ! Va en **16** pour la retrouver.

54

Voici un morceau de papier déchiré qui porte le numéro 0. L'autre moitié du papier est cachée au Carbonifère, au paragraphe **59**. Elle représente un 4. Le bon numéro de paragraphe pour atteindre la Mongolie au Crétacé est donc **40** !

59

Un insecte a toujours 6 pattes !

Voici tous les animaux
et dinosaures que tu as croisés
au cours de ton aventure !

Peteinosaurus

Sharovipteryx

Lystrosaurus

Eudimorphodon

Morganucodon

Phytosaurus

Plateosaurus

Coelophysis

Diplodocus
Stegosaurus
Galeamopus
Allosaurus
Ptérosaures

Zalambdalestes

Gobiosuchus

Loups

Chevaux de Przewalski

Aurochs

Lion des cavernes

Ours des cavernes

Mammouth

Hyène des cavernes

Edmontosaurus
Struthiomimus
Quetzalcoatlus
T. rex
Pachycephalosauru
Triceratops

Muzquizopteryx

Nyctosaurus

Anasazisaurus

Coahuilaceratops

Labocania

Blattes

Arthropleura

Pederpes

Meganeura

Mazothairos

Maiocercus

Pulmonoscorpius

Hylonomus

Tarbosaurus
Byronosaurus
Pinacosaurus
Velociraptor
Mononykus
Bagaceratops
Protoceratops
Oviraptor

Un roman-jeu écrit par Lisa Dupuis
et illustré par Clémence Dupont.

Corrections et relecture scientifiques : Christopher Sévin
et Maxence Ducros

Les Éditions Flammarion sont investies dans une démarche active
pour l'empreinte environnementale de leurs parutions.
Ainsi, le livre que vous tenez entre vos mains a été imprimé en Europe
sur des papiers issus de forêts gérées durablement, par un imprimeur engagé
dans la protection de l'environnement.

Flammarion Jeunesse

www.flammarion-jeunesse.fr

N° d'édition : L.01EJDN002527.N001/ 652104-0
Dépôt légal : juin 2025
Imprimé en Espagne par Liberduplex en mai 2025
Loi n° 49-956 du 16 juillet 1949 sur les publications
destinées à la jeunesse.